サキクサ叢書第一二一篇

歌集

旅一会

堀井　忍

現代短歌社

序文

大塚布見子

『後鳥羽院御口伝《ごとばいんごくでん》』に、「西行はおもしろくて、しかも心も殊に深くあはれなる、ありがたく出来《しゆつらい》しがたきかたも、ともに相ひかねて見ゆ。生得《しやうとく》の歌人とおぼゆ。おぼろげの人のまねびなどすべき歌にあらず。不可説《ふかせつ》の上手《じやうず》なり」という有名な一節があるが、わたくしは、『旅一会』の著者、堀井忍さんの歌に会う時いつもこの言葉を思い出す。

というのも、堀井さんにはこの歌集に収められなかった沢山の佳品がある筈だと思うからである。それは、時々の便りの末尾に添えられる即興の一首がなかなか魅力的で、思いや感動が文章より先に歌になるのではないかと思われ、先にあげた後鳥羽院の「生得の歌人」という言葉が浮かんでくるのである。

それらの作品を最近のものから二、三あげてみよう。

二ん月の光に照らふ伊予柑の朱きに春の近きを思ふ

拾ひ来し大き青梅の一粒の日ごと熟れつつ高く香れる

この年の初蟬聞けり早かりし猛暑のややに治まれる朝を

殊更に目立った言葉は使われていないし内容もごく親しい日常のことだが、言葉は消えてしまって中味そのものが浮かびあがってきて印象が鮮明である。何気なく詠まれたようなこれらの作品には、堀井さんの生成《き》りの本質が匂っていて、かつそこはかとなく存在の深みを覚え、序文の初めにあえて書かずにはいられなかった。

改めてこの集の作品をみてみよう。

天敵をおそれ一日を海にゐてペンギンは夜巣に戻るとふ
ぬばたまの夜の海より浜風に乗りて聞こえ来ペンギンの声
磯波の砕くる中ゆ群れなしてペンギンあまた陸《をか》にあがり来
海岸のこごしき岩場を登りくる小さきペンギンの足のはやさよ

身の丈は一尺ほどなるペンギンの背は黒々と濡れてゐにけり
をかしともまたいぢらしともペンギンの身をしこごめてひた歩みゆく
草むらに掘れる巣穴に辿りつき鳴きかはし立つつがひのペンギン

右は、オーストラリアの南の小さいフィリップ島に棲む、小さいペンギンの生態を詠んだ一連十八首中からぬいたが、この作品は、平成十六年、サキクサ賞を受賞している。小さいペンギンの生態をあますなく詠みきり、読後、胸にあたたかいものを覚える。写生の眼が一首一首に的確に働き、いとけないペンギンの姿を描き出しているが、そのいとしみは甘くなっていない。

このような作者の理知のまなざしはこの集のすべてを貫いているといえよう。「理知」といっても理屈っぽいということではない。いたずらに感情に流されない知性ということである。それ故に作品がさっぱりとして澄んでいるのである。そうした自然詠をあげてみよう。

あらくさのまだらに生ふる砂の野に入り日のかげの長く引きたる
糸とんぼの青白き尾のほそぼそとありなしの風にかそかに震ふ
軒かしぐ古家のめぐり群れ咲けるえぞみそはぎのくれなゐの濃き
夕されば踏み荒されし砂浜の窪みの宿す陰深々し
波の上を夕つ日光《ひかげ》の渡りきて渚の砂にとどまるたまゆら
新しき雪の面《おもて》に淡き日の差せば木草の影うすあをき
さしてゆく傘に障《さや》れる白梅の長枝にここだ蕾ひしめく

このように自然の微妙な出会いの一瞬を捉えた作品は随所にあって一幅の絵を見るように、又一枚の写真を見るように読者を立ち止まらせてくれる。そして読者はおのがじし己れの思いを通わせてくれることだろう。

水張田の一枚一枚の広やかさ蝦夷地の五月の空を映して
いにしへの棚無小舟思はせて漕ぎたみゆきしひとつ磯舟
なるかみの轟き昏む昼さがりひぐらし遠く鳴き出でにけり
見はるかす越の海はも左手《ゆんで》より右手《めて》に暮色の深まりゆくも

旅の嘱目と思われるものを任意にぬいてみた。一首目の「一枚一枚の広やかさ」とはなかなかこうは言えない把握力ではなかろうか。単純化された表現の中に象徴に至るものがある。

二首目は、作者の古典の力を思わせる。万葉集に次の一首がある。

いづくにか船泊《は》てすらむ安礼《あれ》の崎漕ぎ廻《た》み行きし棚無し小舟《を》　高市黒人《たけちのくろひと》

万葉のいにしえと現代を結ぶオーバーラップされた旅情が味わい深い。

次の「なるかみの」は「鳴る神」で雷のことだが「音」にかかる枕詞でもある。ここにも古代につながる思いがないとはいえない。四首目の「左手《ゆんで》」「右《め》手《て》」の語も「越《こし》」という旧国名にふさわしく重厚である。

このように古典の伝統をしかと踏まえ、今に詠みつぐ歌こそ己れの命の源流に遡ろうとする希求の現れであり、日本の正統短歌といえるのではなかろうか。

蕾一つ見る間に食みて木の上の栗鼠はぽとりと蔕を落とせり
今治へ行く連絡船ふなべりの低く海面をまなかひにして
夜ならではかくは映らじ下つ方より照らされて耀ふもみぢ

歌は一期一会をうたうもの。ではあるが、右のような歌はまさにその機微を詠み得たものと言えよう。一首目はおかしみが、二首目は何とない恐れが、三首目は不可思議がそれぞれ秘められているのである。

ここに「一会《いちゑ》」という言葉を集名に冠した所以である。尽きせぬ一会の味わいをこの集の一首一首から汲みとっていただきたい。

著者堀井忍さんには期待するものが大きい。現在「サキクサ」に「古語をまなぶ」という研究を連載してくれているが、尚広く活躍を期待してやまない。

平成二十六年　妖しき皆既月蝕の夜に

目次

序文　大塚布見子

蝦夷山桜の章

夏椿の章

山茶花の章

旅一会

蝦夷山桜の章

二〇〇三年

神遊ぶ庭《カムイミンタル》

海せまる切岸のうへ起き伏しの笹原は神の遊
ぶ庭なる

神遊ぶ庭のめぐりの沢深く木《こ》の下《した》隠《がく》りさやに
ささらぐ

切岸と小暗き沢に守られて人の入るなき神遊ぶ庭

川底の砂転ばせつつ沢水の真澄みに澄みて大海に入る

紅白の無人灯台立つあたりかつてアイヌの砦なりしと

神の庭守りし神の長の砦《カムイエカシチャシ》に佇てば秋日の海はろばろし

水底は岩場なるらし碧玉のごとき海面の下昏みたり

八雲立つ

切岸の際にそばだつ石積みの日御碕灯台白きも白し

日御碕に見さくる海の凪ぎわたり遠流《をんる》の島の青く霞める

葺き替へし檜皮の屋根の赤らひく木膚華やぐ
八重垣神社

いにしへの巨勢《こせ》金岡《かなをか》描きしとふ稲田媛はも頰
のゆたけき

稲田媛を目守りたまふや須佐之男命の御目の
しかと見開く

並み立てる杉の大樹の下蔭の緩き石段《いしきだ》踏みの
ぼりゆく

今に残る最古の大社造りとふ厳《いつか》しきかも神魂《かもす》
神社は

雨風に打たるるままに古りさびし地《つち》より生ひ
しごときみ社

八雲立つ風土記の丘に永き世を埋もれゐし埴
輪よみがへりたり

すずやかに伸びたるうなじめぐらせて妻を尋《と》
むるか埴輪の鹿は

赤膚の埴輪の鹿にうがたれしまなこ黒々と何
をか見ゐる

フィリップ島のペンギンパレード

豪州のみんなみの果て小さなる野生のペンギン棲む島のあり

日の落ちて闇迫りくる時のままを観察デッキにペンギンを待つ

ねず色の横雲の下凪ぎわたる海のむかうは南
極なりと

海に向かひ雑草《あらくさ》生ふる丘なだり穿たれし巣の
そこここにあり

天敵をおそれ一日を海にゐてペンギンは夜巣
に戻るとふ

ぬばたまの夜の海より浜風に乗りて聞こえ来
ペンギンの声

聞こえくる声をたよりに目を凝らし浜とおぼ
しき辺り見守る

磯波の砕くる中ゆ群れなしてペンギンあまた
陸《をか》にあがり来

ペンギンの白き胸腹おぼろげに光ともしき浜に見え来ぬ

クエックエッとまたピーピーと鳴きにつつペンギンの群れ近づき来たる

海岸のごごしき岩場を登りくる小さきペンギンの足のはやさよ

身の丈は一尺ほどなるペンギンの背は黒々と
濡れてゐにけり

をかしともまたいぢらしともペンギンの身を
しこごめてひた歩みゆく

おのがじし持てる巣穴へ戻らんと短き足に急
ぐペンギン

急ぎゆくなかに腹這ひ休むありふと立ちどまり羽つくろふもあり

草むらに掘れる巣穴に辿りつき鳴きかはし立つつがひのペンギン

ペンギンの撮影禁じられをればこ心に写すとひたすらに見つ

巣に戻るペンギンに歩を合はせつつ心足らひて夜道帰り来

西部をゆく

起き伏して果てなき砂漠丈低きはだら荒草枯れほほけつつ

見はるかす荒野の果たてしろじろと蜃気楼の
ごと崖《きりぎし》つづく

走れども走れどもわが傍らにつきくるごとく
続く岩壁

ひとすぢの緑遠見ゆ平らかにはるけく続く崖《きりぎし》
のうへ

あらくさのまだらに生ふる砂の野に入り日の
かげの長く引きたる

たそがれのダム湖見下ろす崖の端に立てば砂
漠の風吹きつのる

峡谷を堰きて生まれし湖は空を映すか水青白
し

見の限りただ一筋の地の涯に夕日眩しくゆる
ゆると落つ

二〇〇四年

蝦夷山桜

遠見えてかそかに青む山腹にくれなゐ匂ふ蝦夷山桜

乾きたる風の清しく吹くからに蝦夷山桜の色冴えざえし

北国の春の嵐に山桜ゆらぎゆらぎて花は零さず

咲き満てる蝦夷山桜に入日さし一樹くれなゐに包まれてあり

霧多布湿原

ただなかを川のいくすぢ流れゐて遥けきかなや霧多布湿原

足もとを探りつつゆく湿原に突と行きあへり小さき隠《かく》り沼《ぬ》

隠り沼の動かぬ水の澄み澄みて空を映せり雲を映せり

ついついと飛ぶ鬼やんま隠り沼の水に映れば魚のごとしも

糸とんぼの青白き尾のほそぼそとありなしの風にかそかに震ふ

濃く淡く霧たゆたへる湿原の朝を霧笛の遠く
きこゆる

北の海になだれて落つる草原に蝦夷萱草の花
咲き乱る

断崖に巣はもあるらし海鳥の魚《いを》をか銜へ飛び
ゆける見ゆ

海霧はいのちある如しひとときを岬を隠した
ちまちに霽る

鮭遡る

街なかの小川に動くものありて橋ゆ覗けば鮭
遡《のぼ》るらし

三尺はあるかと見ゆる大き鮭細き川筋をひた
遡りゆく

せはしなく尾鰭をふりて鮭いくつ浅瀬の砂利
をはねつつ遡る

人工の護岸なされしこの川のいづくまで遡り
いゆくか鮭は

四年前この川に生れ大海に泳ぎ出でにし鮭なるかこれ

魚の影もとめて覗く川底に鮭のむくろのしろく横たふ

死鮭《ほっちゃれ》の大きあぎとの開かれて速き流れに晒されゐたり

死鮭の肉はも鳥の餌となりめぐりの森を養ふといふ

鮭往きて水に戻れる軽鴨の潜けば朱き足逆立てり

鎌倉春秋

海蔵寺四首

谷《やつ》深く鎮もる寺の軒先の灯籠ゆらし山の風吹く

山の水引きたる池の澄み澄みて雪見灯籠の影あざらけし

離れ屋に人の気配なく白き壁白き障子に春日あまねし

洞陰にあまた苔むす五輪塔年経て形の崩れたるもあり

極楽寺四首

高照らす日の明るきを山門の厚く茅葺く屋根重々し

春の日のあまねき庭に影過ぎて仰げば低く鳶のめぐれる

八重一重咲き分くるとふ珍しき桜は大き薄色の花

極楽寺より長谷へと下る道すがら小路の奥に海光る見ゆ

長谷寺四首

孟宗の切り株白く光りをり太さはおよそ五寸もあらん

砂白く水澄む清《しやう》浄《じやう》池《いけ》の辺に血のごと赤き木瓜の花咲く

錦鯉のゆるらに游ぐ池の端海芋の白き花二つ三つ

震災を長谷観音に逃れしとふ久米正雄の像街を見はるかす

大巧寺四首

鎌倉の駅にまぢかき大巧寺ビルのはざまの花
多き寺

色づける紫式部の実のさはに枝垂れてわれを
迎ふるごとし

丈高く小花群れ咲く藤袴うすべにいろに仄か
に匂ふ

人通ふ寺の小道を縁どりて連なり咲ける玉簾
しろし

妙本寺四首

老い杉の茂れる谷《やつ》を登りゆけば肌へを過ぐる
秋の風はも

比《ひ》企《き》が谷《やつ》の奥処に鎮もる妙本寺めぐりはただ
に法師蟬のこゑ

比企が谷を覆ひて低き蟬の声潮騒のごとく読
経のごとく

駅よりはいくばくもなきこの谷の何ぞ閑けき
秋晴るる午後を

春の円覚寺

二〇〇五年

鳳のはばたかんとするさまに似て山門の屋根
のびやかに反る

山門は古りにたれども末広に密につらなむ垂
木華やぐ

灯籠の火袋の窓に刳られたる三つ鱗はも北条の紋

仏殿の階《きだ》し登れば石敷きのみ堂ゆひやと風流れきぬ

軒下の蟇股に巣を懸けたるか仏殿のへに雀しき鳴く

磨りへれる階《きだ》登り入る座禅堂本尊薬師のまなざし厳し

方丈の御池の水の濁れるを緋鯉真鯉の動くともなし

放生《はうしやう》の池にあまたの魚の影見えて時折水跳ぬる音

舎利殿を麓に深く抱きたる山の常磐のみどり厳《いか》しき

寿福寺の岩倉

去《い》にし代に政子の開きし寿福寺の閑けきに立つ古木の柏槙

仏殿の屋根し仰げば古びたる棟には大き笹竜胆の紋

天水を受くる石桶びつしりと分厚き苔に覆はれゐたり

岩山を穿ちし岩倉《やぐら》暗くして政子実朝のみ墓のありぬ

苔むしてややに傾げる五輪塔政子の墓に供華《くげ》の多かる

木洩れ日のはつかにさせば岩倉内《ぬち》奥処《か》の岩のたまゆら明し

実朝を祀れる岩倉にちらちらと日影ゆらげば浮かぶ五輪塔

実朝の奥津城のへに見返れば向つ枯山に冬日遍し

江ノ島は

江ノ島はいづくいゆくも空に鳶地に野良猫の悠々として

そのかみは波打際なりしとふ辺り路地に魚売る店いくつあり

江ノ島の老舗旅館に白塗りの弁天小僧見栄切る看板絵

今様に賑はふ島の道のへに古りにし庚申塔の残れる

相模灘の波うちよする断崖にしがみつくがに
根づく磯菊

身をかがめ燭を手にゆく岩屋奥したたる水の
かそけき音す

夕づける稚児ヶ淵より西の方望めば烏帽子岩
高麗山近し

展望台の高みに見おろす森のうへ鳶《とんび》の背なの
紋あざらけし

デルフト逍遥

古びたるデルフトの街もとほれば運河に白き
睡蓮の咲く

ひたひたと水湛へたる小運河の水面に黄なる
河骨の花

水の上に二尺ほどなる巣の浮きゐて卵を抱く
か黒き鳥乗る

市立てるマルクト広場の人波に混じりてわれ
も桜桃買ふ

デルフトの朱き瓦の屋根を越え長閑けく聞こえ来カリヨンの音は

北国の夏の日長く暮れなづむ宵を賑はふカフェのテラス

やうやくに宵闇迫る十時半並木の果てに三日月光る

デルフトの古きタイルに描かれし子ろはも遊
ぶ石蹴り独楽回し

名を呼ばれふりむきたりしかフェルメールの
描きし大き瞳の少女は

はるけくも訪ねきたりし北海のつめたき水に
手を浸しみつ

水浴といふには寒き北海の夏の渚に小さき貝
拾ふ

北海の海の色にし染まりしか青鼠色の小さき
貝は

伊達の春

二〇〇六年

山木々の萌えたつかたへしろしろと日に照り
はゆる北山辛夷

照り翳る木洩れ日の下そこここに群れ咲くす
みれのむらさき淡し

高原に遠く望めば残雪のニセコアンヌプリ仄かに耀ふ

昨夜《よべ》の雨に瀬音まされる川の辺の木の間に響く四十雀のこゑ

川の辺を野の花尋《と》むとゆきゆきてえぞりす軽鴨うぐひすに会ふ

待ち待ちし藤の花房咲き垂るを吹きちぎるが
に春嵐猛る

蝦夷富士の雪ほぼ消えて落葉松《らくえふ》の林に日すが
ら春蟬の鳴く

水張田の一枚一枚の広やかさ蝦夷地の五月の
空を映して

五能線をゆく

柱状節理の荒磯《ありそ》の続く海岸《うみぎし》にきすげはまなす
咲きゐたりけり

海岸と山のはざまに早苗田の幾段ありて稲架《はさ》
木並《ぎ》みたつ

かつてここも水田なりしか草原に崩れし稲架
木残れる見れば

真輝く津軽の海に小さき影なせる磯舟何をか
漁る

いにしへの棚無小舟思はせて漕ぎたみゆきし
ひとつ磯舟

夏至近き津軽の海の夕凪ぎに波は岩礁《いくり》をあやすがごとく

日本海は湖のごと凪ぎわたり浜に細《くは》しき水泡を残す

目の限り見ゆるものなき海原を漁船一艘水脈《みを》ひきかへり来《く》

雷雨激しく

なるかみの轟き昏む昼さがりひぐらし遠く鳴き出でにけり

降り出でし雷雨激しく雀子の羽をすぼめて斜《はす》に飛びゆく

煽らるるビニール袋かと見ゆれ風雨にさから
ひ飛びゆく鴉

雨足のやや衰ふる束の間を一声鳴きて蟬の飛
びゆく

静まりゐし蟬あちこちに鳴き出でぬ雷雨やう
やく収まるらしき

叩きつくるごとき雨にし鋪《しき》石《いし》のはざまの土は
飛び散りてあり

夕雲のうつろふ見んとベランダに立てば遥け
き蜩のこゑ

アンデスの歌

あの笛はケーナならずや人垣の中ゆ聞こゆる
寂しらの音は

寄りゆけば高槻もみぢ散るなべにアンデスの
歌奏づる人あり

三人の楽師は纏へり黄の房の下がれる赤き民
族衣裳

縫ひとりの鉢巻巻ける頭《かうべ》には大きく白き羽根
飾り挿す
呪《まじな》ひの化粧ならむか浅黒き顔を赤白に塗り分
けゐるは
赤白に彩られたる横顔は古きインカの石像に
似る

「コンドルは翔ぶ」とふ曲に合はせつつ楽師の一人舞ひ出でにけり

楽人は腕《かひな》大きく上げ下げて大鳥の宙をめぐるごと舞ふ

アンデスの空吹く風の声なるかややにかするるケーナの音は

高台寺夜の紅葉

巡りゆく池のほとりに人あまた佇むもありかがめるもあり

風落ちて滑らに澄める池の面灯しに照らふ紅葉を映す

微動だにせぬ池の水くきやかにもみぢの一葉
一葉映せり

夜ならではかくは映らじ下つ方より照らされ
て耀ふもみぢ

手を伸ぶれば水に触れなむ池なるを水は見え
ずて紅葉のみ見ゆ

底しれぬ真暗き池に映りゐる楓は深き谷に生
ふるかに

玻璃の如く鏡の如くかへるでのもみぢ映せる
水の妖しさ

巡り路を戻りふたたび見る池は漣たちて色映
ゆるのみ

照らす灯にさみどり明き竹林の上に十三夜の
月冴ゆるなり

夏椿の章

二〇〇七年

寒中千鳥が淵

堀めぐる土手に登れば太幹の肌美しき赤松聳ゆ

見おろせば行きかふ車の影映す堀は澱みて油色なす

芥浮く千鳥が淵の水際に脚踏まへ立つ大鷺一羽

色あせし烏瓜の実の下がる枝にとまれる雀の薄汚れたる

風切の黒きが目に顕つ大き鳥ゆるり翔び来ぬ鶴かとおもふ

降りたちて青鼠の羽たためるは青鷺なるらし
冠羽の長き

二羽の鵜の岸辺に佇つは堀水に潜める魚《いを》を狙
ふにかあらむ

堀のうへ低くめぐるは冬を越すかもめか海を
遠く離《さか》りて

くだりゆく竹橋の辺に寒中の淡き日を浴び柳
青める

熊本城

熊本の城址めぐれば盛りあがり沸きあがるご
と楠若葉萌ゆ

日に輝らふ若葉まばゆし熊本城の天守に添へ
る楠の大樹は

空濠ゆそそりたちたる石垣に繁れる楠の濃き
影の落つ

清正が造りしといふ城構への唯一残れる宇土《うと》
櫓《やぐら》これ

反りのなき無骨なる屋根重ねたる宇土櫓はも
戦世《いくさよ》の構へ

鉄の棒嵌めたる銃眼石落し備へ固しも宇土の
櫓は

櫓内に長き廊あり武者走りと聞けば顕ちくる
武者走る影

水生るる里

水生るる里とし聞きて訪ひは来つ阿蘇の水湧く白水《はくすい》の村

熊本の町を流るる白川の水源《みなもと》はここと聞けば清しき

白川はここより流れ出づるとふ木蔭をぐらき
里辺のいづみ

絶え間なく湧き湧く泉に木洩れ日のさせば水
面のきらめきやまず

阿蘇の水い湧き流るる山陰に藪椿一輪咲き残
りゐる

清水湧く水源六つありといふまこと水生るる
白水の里

噴火湾日の出

北国の空晴れわたり山の端にしののめ色の雲
のいくひら

山の端に朝日は出でて駒ケ嶺の長く引きたる
裾へ霞めり

朝霞たなびく野末に日のさせば農家の影のけ
ぶらふごとく

群れ咲ける大反魂草の花の黄の帯のごとくも
車窓を流る

朝を凪ぐ湾の彼方にうすあをき羊蹄山見ゆ室蘭岳見ゆ

竿立てて昆布とる舟の影いくつ浮かべて朝の噴火湾凪ぐ

海境《うなさか》ゆ水面を渡る朝日光《かげ》ますぐ伸びきてわれに届けり

大空とたたなはる雲と海と山統《す》べるが如く朝日きらぐ

サキクサ三十周年　吉き日を祝ぐ

金屏風を背に立ちませる師の君の御衣《おんぞ》清しもけふの空の色

やまとうたのまこと究むと師の君の導きまし
し道はるかなる

けふの席に出では給へね先人のみ魂天よりみ
そなはすべし

初に見るこれのサキクサ創刊号師のみ想ひの
こごれる一冊

三十年の行手照らしし創刊の巻頭言ぞ心には
沁む

天よりのしろきかなもじ浮き出づる風呂敷に
けふの慶び包まむ

賜ひける『花の歌歳時記』めでたけれ福寿草
より吉祥草まで

師の君の一生《ひとよ》をかけて咲かせますサキクサの
花いや永遠《とことは》に

富貴寺阿弥陀堂

二〇〇八年

豊後路の山ふところに軒深き榧の素木《しらき》の阿弥陀堂あり

み仏の慈悲思はせて広やかに方形の屋根は御《み》堂《だう》を覆ふ

そのかみの華やぎ失せにし阿弥陀堂壁の木肌
の温とげに見ゆ

幅三間奥行四間の御堂内ふくらの頬の如来像
坐《いま》す

仄暗き御堂の裡の板壁にはつか消《け》残る浄土変
相図

灯火もて照らせばかそかにみ仏の影浮かび見ゆ壁に長押に

春寒き富貴寺のめぐり紅白の梅咲き満ちて御堂を粧ふ

梅雨のころ

梅雨空の朝な朝なの楽しみは窓に数増す夏椿
の花

繻子のごとき真珠のごとき艶もちて夏至の日
に照る沙羅の蕾は

夕明かり受けてはつかに水色の浮きたち見ゆ
る紫陽花のはな

昏きまで繁れる葉あひに山桃の粒実ここだく紫を帯ぶ

こぼれたる山桃の実に群がりて小さき蟻の右往左往す

公園に拾ひし大き梅の実の日々を熟れつつ卓に香れる

幾年を聞かで過ぎ来しほととぎす今宵は闇に
鋭声《とごゑ》のひびく

昨夜《よべ》の雨の残せる小さきにはたづみ鳩の降り
きてつと水を飲む

さしのばす枝しなやかにゆらぎつつ桜並木の
青葉ゆたけし

摘み摘めば

葉のあひにここだ珠実の光りゐて桜桃《ゆすらうめ》紅く熟れにつつあり

桜桃の熟れ実の紅く透き通るまでを待ちをりジャムに煮んとて

日の当る辺《へ》より熟れゆく桜桃まづは熟れ実を選みつつ摘む

摘み摘めば一糎ほどの粒の実のたちまち笊に重く溜れり

一粒を口に含めばゆすらの実甘味のなくてただ酸きばかり

虫のつかず鳥も食まざる桜桃煮なば類なきジャムになるものを

葉の陰に手に探りつつ摘むゆすら指の間《あひ》よりほろほろ零る

熟れすぎし実に手触るれば容易《たはやす》くゆすらは潰れ服紅く染む

北国　夏から秋

麦の穂の先にとまれる群雀とまれるままに風
に揺れゐる

涯遠くおきふす畑に馬鈴薯のうすむらさきの
花咲きつづく

石狩の広野覆へる荒草の下隠りゆく水のゆたかさ

人の手の離《か》れし原野を思ふさまくねり流るる川の幾筋

軒かしぐ古家のめぐり群れ咲けるえぞみそはぎのくれなゐの濃き

がまずみの紅き群れ実に日のさせばかぐろき
種の透きてほの見ゆ

青田吹く風冷えびえと日の照らぬままに過ぐ
るか北国の夏

稲の花白く咲きちる田の隈にあをむらさきの
水葵ひとつ

おぎろなき日本海はも秋の日に藍深みつつ耀ひわたる

秋の日のかがよふ真昼海境《うなさか》はけざやかにして涯昏みたり

荒海のけふはも凪ぎて浜近き岩礁《いくり》に昆布の波に揺る見ゆ

そこここに揚げし昆布の干されゐて海の匂ひ
は浜に満ちたり

びつしりと貝の着きゐる岸壁を洗ひたゆたふ
波清らなる

覗き見る底ひの砂に日の光《かげ》の淡き文様のゆら
めきやまず

秋の日のあまねき浜に寄せ返す温とき波にわが手浸しつ

筋雲の流るる下辺《したび》奥尻の島影青く近々と見ゆ

二〇〇九年

英勝寺の奥庭

門前に至れば高く香りくる梅か水仙かいづれと分かず

辿りゆく小道の端に竜の髭の青紫の珠実転《まろ》べる

石段《きだ》を登れば書院の縁先に今し咲き咲くあまたの水仙

古寺のそきへの山の枯木立にしき啼く鳶の影小さく見ゆ

蓑虫の下がれる辛夷の枝の先冬芽は和毛に包まれてあり

仄暗き竹林のなか幾株の青木に春の芽のふくらめる

節白く高く伸びたつ去年《こぞ》の竹浅きみどりの葉末の戦ぐ

竹林の奥処の崖に洞のあり真闇の底ゆ水の音する

彼の世まで響く音かも暗闇に湛ふる水に落つる水の音

水琴洞のめぐりの岩に生ひ垂るる羊歯より山の水のしたたる

楓《かへるで》の細《くは》しき枯枝まつぶさに映して澄める奥庭の池

去年《こぞ》散りし楓葉沈む池の面にしろしろ梅の花びらこぼる

かさこそと音して仰ぐ枝の上栗鼠は椿の蕾食《は》みゐぬ

蕾一つ見る間に食みて木の上の栗鼠はぽとりと蔕を落とせり

踏切りを過ぐる電車の音高し人の影なき寺庭
に響く

瀬戸の島にて

初夏の海にうかべる島いくつ遠きは裾辺の潮
にかすめる

穏《おだ》しさは湖かとも初夏の瀬戸の渚にたゆたふ
波は

大潮の夕べとなりて来《くる》島《しま》の門《と》の彼方より潮押
しきたる

海《わた》中《なか》を川流るるが如く見ゆひたに満ちくる瀬
戸の夕潮

夕されば遠き近きの島山影なべておぼろにたたなはり見ゆ

海山のけぢめも分かぬ島の夜を空の高処に照る望の月

朝靄にうすむらさきの影おぼろ来島大橋の四基の塔は

石鎚山《いしづち》はこの方角と指されしを白くかすめる
空見ゆるのみ

瀬戸の海を支配せしとふ水軍の城のめぐりの
潮激しかり

今治へ行く連絡船ふなべりの低く海面をまな
かひにして

油凪ぐ海面と白波立つ海面潮目を越えて連絡船ゆく

懐古園散策

厳《いっか》しき小諸の城の三の門支ふる石垣の角の鋭さ

五百年を生きつぐ大樹の高槻の下に閑《しづ》けし藤村記念館

良寛の歌つらねたる藤村の軸は律儀なる筆跡を見す

写し絵に見ゆる明治の文人の面差しなべて若く鋭き

やや斜《はす》に構へ見下ろす上田敏の気取れる写真
ほほゑましかり

草笛に古き歌吹く老い人のありて懐古の想ひ
いや増す

空濠の跡かも深き地獄谷吸ひこまるるごと黄
葉舞ひ落つ

見下ろせば緩くくねれる千曲川の面しろしろと秋日に光る

唐招提寺

十年に三たびを訪ひてやうやくに全けきを見る唐招提寺

人気なきみ寺なりしを金堂の修復成りて賑は
ふけふは

大屋根を水流るるが如く見ゆ金堂を覆ふ瓦の
列は

金堂の太き柱に手触るれば古りたる素木《しらき》の肌
すさみたる

大寺のまろき柱の並みたてる先に八一の歌碑
小さく立つ

低くさす日にし耀ふもみぢ葉に古りにしみ寺
のしばし華やぐ

長く続く築泥《ついぢ》の塀の凸《とつ》凹《あふ》の面ぬくとげに日に
明かるめり

木洩れ日の斑《はだら》にさせば厚く生す木下の苔のさみどりの映ゆ

鑑真和上の御廟のめぐりもとほりつつ千二百年の時を思へり

夕づきてはつか色さす薄雲をうかぶる古都の空ほの青し

電線も高屋もあらぬ奈良の空の広きを仰ぐ去りがてにして

二〇一〇年

関門海峡あけくれ

ゆくりなく旅の途上に夫病みてあてなき日々
の門司港に過ぐ

旅先に病める夫ゆゑとどまれるわれにホテル
の人みな優し

日に一首歌詠むべしと言ひおきて見舞ひの子はも帰りゆきたり

大き船小さき船のせはしげに行き交ふ朝の関門海峡

藍深き春の海《うな》門《と》を朝の日に色顕たせゆく朱《あか》緒《そほ》の船

行き交ひの船にハングルの書かれゐて隣れる
国の近きを思ふ

海峡を押し来る潮は船溜りの壁に塞かれて渦
巻くごとく

遊覧船は速き流れに逆らひつつ揉まるるごと
く飛沫たて往く

明暗《あけぐれ》の窓を開くればがうがうと出でゆく船の
機関の音す

近づきてその大いさに驚きぬ国際航路の船を
曳く船

手の届くかに見えゐたりし関門橋しまく吹雪
に霞みて見えず

霙しまく朝の海峡をりをりに霧笛を鳴らし大き船行く

冷たかる風は残れど欠航の明けし海門をフェリー出でゆく

明けそめし海を渡り来小さき灯を点せる今朝の一番フェリー

夕べの灯ほつほつ点る対岸より忙しさうにフェリー戻り来

出でゆきしフェリーの灯《ともし》離《さか》りつついつしか対岸の灯に紛れけり

門司港の夜の静けきを出でてゆく終《つひ》のフェリーか響く汽笛は

ゆくりなく一月《ひとつき》あまりを門司に居て馴染みと
なりぬ海峡の景

夏逝く

蒸し暑き夜を街路樹に油蟬の鳴きつぐ声の低
くこもれる

望の月見んと出づれば夜の更けを地鳴りの如く油蟬なく

暑さまた戻れど秋立つこの朝時《あした》をたがへず鳴く法師蟬

暑き日の夕かたまけて高槻の揺る木末に鳴く法師蟬

諸蟬のこゑ降るなへに日の翳りほそく鳴き出づひとつひぐらし

かなかなのかそけき声のするあたり桜葉蔭の夕翳り濃き

日ざかりの火照り残れる道のへに今宵かそけき虫の音を聞く

真夏日の四十日続きて途切れたる朝を家内《やぬち》に
ちちろ鳴くこゑ

風荒れて葉のこすれたる山桃の末《うれ》に新芽の爪
赤き出づ

絶ゆるかと思へど絶えず虫の音の昼のさ庭の
いづへとしれず

かたばみの風にそよげば薄青き蜆蝶二つまつはるごとく

たたなはる横雲幾《いく》重《へ》遠見ゆる丹沢の淡き山影のうへ

夜もすがら家をめぐりて吹きしくか折々覚めて聞く風の音

橋立は

並みたてる橋立の松のあはひより小春の青き
与謝の海見ゆ

誘はれて股より覗く橋立はまこと久方の天に
届くがに

岸壁ゆ覗けば澄める伊根の海あまた小魚の群
れて泳ぎゐ

波立たぬ穏《おだ》しき海に開かれて漁《いさり》舟《ぶね》宿す伊根
の舟屋は

椎の木の茂れる伊根の青島の波を防ぎて舟屋
を守《も》ると

昨日より解禁といふ松葉蟹の朱きが並ぶ卓の
華やぎ

いさざよきさし手引き手の凛《りん》凛《りん》と橋立びとの
宮津踊りは

ほのぼのと明けゆく海に一筋のあをき帯なす
天橋立

東慶寺秋冬

寺庭にさやけき秋の日のさして吾亦紅あかく
艶めきてあり

秋の日に向かひて開くりんだうの薄紫の花の
ひそけさ

詣り路のほとりに低く野葡萄の青紫の珠実こごだく

菖蒲田の草にからまり日を浴みて紅きあさがほ咲き乱れゐぬ

秋を咲く朝顔のへに一本のほほづき朱き実をつけゐたり

この辺りに生ひゐしはずと見出でたる藪柑子
の実のはや赤かりき

地を這ひて朱にもみづる小さき葉の花より鮮
やけし姫蔓蕎麦は

仏殿の庭にめぐらす茶の垣に黄のしべ著き白
き花いくつ

山陰のかげりがちなる寺庭のそこここに群れ咲くほととぎす

コスモスと秋明菊とありなしの風にゆれあふ宝蔵のまへ

谷《やつ》奥の墓苑の苔にちりぼへる金木犀の小花あざらか

くれなゐの山茶花一輪供へあり目鼻の分かぬ
地蔵のみ前に

山の風吹きとよもして鎌倉の谷《やつ》の奥なる木末
揺らすも

谷の奥岩倉《やぐら》の上ゆ絶ゆるなく苔を濡らしてし
づるる山水

谷深き墓所の奥処を訪ふ人のなくて鶇の声のみ聞こゆ

墓の辺の手水の鉢を覗きみれば丸き小さき冬空の見ゆ

苔厚く生す手水鉢の水澄みて日の当たりたる高梢《うれ》映す

山茶花の章

二〇一一年

ことしのさくら

ほつほつと灯の点りたる公園の夜のさくらの
紅ほのかなる

枝低き若木の桜まなかひにひとつひとつの花
を見するも

寄りゆけばあるかなきかの香りしてただに黙《もだ》せり夜のさくらは

寄りゆきて頰の触るればひいやりと冷たかりけり夜のさくらはな

咲き満ちてしんと静もる夜桜の上に仄けきおぼろ三日月

この年の花見ることの叶はざりし人ら思ほゆ
夜桜の下に

（東日本大震災）

咲きたけて幾日寒さの続く間を散りなづみゐ
しことしのさくら

さしのばす枝のたゆたに揺れたちて朝光《あさかげ》のな
か散るさくらはな

一陣の風吹ききたるたまゆらを日に照らひつ
つふぶくさくらはな

老い猫

ベランダに雀の鳴けば眠りゐし猫首をあげ外《と》
の面をうかがふ

しき鳴くは巣立ちしばかりの子雀か猫ゐる家
のベランダに来て

たどたどしき子雀の声に老い猫の腰落しつつ
窓に寄りゆく

常出づるなきベランダに老い猫は去《い》にし子雀
追ひて出でゆく

ひとわたり辺りを嗅ぎて何事のなしと如くに
猫の帰り来

子雀の来鳴きし日より朝々をベランダに出で
嗅ぎ歩く猫

この夏の暑さに負けしか寿命かも日々を痩せ
ゆく老いたる猫は

六キロ半の大猫なりしをおとろへて撫づれば
背骨の手に障《さや》るなり

何ひとつ求むるとなき老い猫の食《は》まず飲まず
て日すがらまどろむ

主のごとわが家にありて十四年もの言はぬ猫
とともに老い来し

年たけし猫の静けさ撫でやればただだに喜びのみどを鳴らす

葉山初秋

夕されば踏み荒されし砂浜の窪みの宿す陰深々し

人影の少なき浜に夕風の涼しさ求《と》むる母と子のあり

沈まんとする秋の日にみどり児の柔らの面の赤く染まれる

波の上を夕つ日光《ひかげ》の渡りきて渚の砂にとどまるたまゆら

名月を見んと来たりし渚べに静かに波の寄せ返す音

黒々とひろごる海の右手《めて》はるかひとつ見ゆるは江ノ島の灯か

中天に押し照る月のあきらけく砂に落ちたるわが影ぞ濃き

凪ぐ海を吹きくる風に蠟燭の火のゆれゆれて
花火の点かず
浜を吹くはつかの風に流さるる線香花火の火
花かそけき

新潟の空と海

藍鼠の海のかなたにうすあをき佐渡の島山長く横たふ

大佐渡も小佐渡も晴れて稜線の遠き近きがたたなはり見ゆ

雲間より朝日さしくる一瞬を目覚むるごとし新潟の街

新潟の街と海とを隔てつつひとすぢ松の緑つらなる

高処より見る信濃川はるけくも流れきたりて海に入るところ

浚渫船の動くともなく動きつつ海に入る川の真中をさらふ

大空に向きあふ二羽の鳥と見えし雲の形の見る見る崩る

見はるかす越の海はも左手《ゆんで》より右手《めて》に暮色の深まりゆくも

街の灯のはては漆黒わたつみもみ空も夜の闇
に閉ざされ

道南初冬

雪まじりの風吹きつのり午後四時の函館の街
はや暮れかかる

電停に待てばあかあか灯をともし鐘鳴らし来る古き市電は

雪しぐれの函館山に点る灯の見えつ隠れつホテルの窓に

ふぶきつつ雪の降り込む露天の湯わきたつ湯気の風に逆巻く

日の差すと見えて忽ちふぶきくる冬のはじめの函館の朝

とめどなく降りくる雪に閉ざされて影さへ見えず蝦夷駒ケ岳

水墨画の如くも見えて大沼の冬を迎ふる水面静もる

新しき雪の面《おもて》に淡き日の差せば木草の影うすあをき

低気圧の過ぎてをさまる波風の上なる空に立つ雲の峰

二〇一二年

鎌倉早春

英勝寺四首

梅見んと行く線路沿ひ踏切の鐘は尼寺の白塀にひびく

仰ぎみて親しき高さ山門の構へ小さきは尼寺にふさはし

さきくさの黄なる花毬咲きさかり春日に明き
尼寺の庭

日陰なる大き蓮鉢枯茎の沈める水にうすらひ
の浮く

寿福寺二首

詣り路の木の間を洩るる春の日に木下の苔の
みどり艶めく

流らふるごとく散りくる梅の花荒ぶる風に吹かれ吹かれて

円覚寺七首

冷えびえと水を湛ふる門前の白鷺池《びやくろち》暗く鳥のかげ見ず

遠見えて黄の色著き夏柑のさはに実りをり寺の裏山

仏殿のかたへの白梅まろまろとふふめるなか
にひらく一輪

苔色に濁れる池に棲む鯉はいづくに在りや冴
え返る日を

谷《やつ》深き塔頭に咲く万作の花の黄の色華やぐと
なく

谷の奥山に抱かるる舎利殿のこけらの屋根に
春の日のさす

春浅き北鎌倉の駅前の店にあがなふ梅の打菓
子

雀子のこゑ

街なかに数減らすとふ雀子の槻の裸枝に群れてさへづる

巣づくりの季《とき》を迎ふる雀どち鳴きかはす声の何やらせはし

人と車のたえず行き交ふ街角の繁みの中ゆ雀子のこゑ

小雪舞ふ二月の道の辺植ゑ込みを出でてはもぐるふくら雀子

雨の偕楽園

たもとほる梅園の小径の右手左手含める木あり咲き盛るあり

梅のほか見ゆるものなししとど降る雨の小径をゆきもどりつつ

さしてゆく傘に障《さや》れる白梅の長枝にここだ蕾ひしめく

冷たかる雨に濡れつつ白梅の開きそめたる花の艶めく

傘を手にひとり巡ればいつしらに迷ひ子となり彷復ふごとし

枝ぶりのおのもおのもなる梅の木の花を翳し
て踊るが如く

遠く近く黒く濡れ立つ梅の幹馳せ参じたる老
武者かとも

好文亭の縁近く咲く紅梅の濃きも淡きもいま
を盛れる

水漬きたる枯生に散らふ紅梅のまろき花びら
浮きて漂ふ

九十九里にて

砂浜に浜昼顔はつか咲きゐたり去年《こぞ》の津波を
生き残りしか

磯波の寄りの迅さや突堤に立ちて波頭の進み
ゆく見れば

砂浜を守《も》るとふ石段《いしきだ》打ち打ちて夕べ荒ぶる潮
の満ち来も

日の落ちて色失へる大海の果たては空と溶け
あふごとく

夕づける一宮川の葭原に高く響かふ行々子のこゑ

川の面に影落しつつ低く飛ぶ鳶の背なの茶の色美《は》しき

九十九里の浜に日の出を見んとゆく四時二十四分日は出づるとふ

海の面はなほ暗くしてその果たて横雲のうへに紅き日は出づ
磯波の引きたるあとの濡れ砂に朝日の光《かげ》の赤く映ろふ

西馬音内盆踊り

みちのくの羽後なる町に七百年踊り継ぎ来し
西馬音内《にしもない》盆踊り

遠つ世の豊年祈願に始まりて亡者踊りと合は
さりしとふ

雲はやくをりをり細雨《ささめ》のさばしるを桟敷に踊
りの始まるを待つ

墨色の雲のあはひに夕明かり残れる宵を燃ゆるかがり火

浴衣着て草履はきたる幼子の母を従へ踊りゆくなり

若きらは袖口赤き藍染めの浴衣に黒き覆面頭巾

目のみあけすつぽり顔を覆ひたる彦三《ひこさ》頭巾は
異形とも見ゆ

女《をみな》らの思ひ思ひに着て踊る端縫《はぬひ》といへる衣裳
の華やぎ

かがり火の光を反す黒繻子のだらりの帯にし
ごきの赤き

半月の端高く反る編笠に踊るをみなの面を隠せる

勢《きほ》ひたつ音頭につれてゆるやかに優しき手振り足の運びや

お囃子と音頭甚句の鄙ぶりにそぐはぬ踊りの優にやさしき

松島へ

幼き日かるたに馴染みし歌枕老いて訪はんと
は誰が思ひけむ

沖の石の傍への塀にまざまざと去年《こぞ》の津波の
跡ぞのこれる

太幹の松高々と聳えをり津波越えざりし末の
松山

多賀城の跡にし立てば遠つ代にここに薨ぜし
歌人思ほゆ

鄙さかる長の旅路の果てにして何思《おぼ》しけむ老
い家持は

去《い》にし代に遠の朝廷《みかど》と栄えける国府の跡や空の広きを

多賀城址の丘辺に佇てば風なきを風に吹かるる心地こそすれ

政庁跡のめぐりの木立もみぢして南斜面は広野にむかふ

そのかみの石段《いしきだ》埋もれし丘傾《なだ》り下りいゆけば
多賀城碑あり

覆屋を子規子せしごと覗きみれど文字は読め
ずき壺の碑《いしぶみ》

秋雨の降りみ降らずみ折々をおぼろに霞む松
島の景

船にゆく松島湾内右手《めて》左手《ゆんで》大き小さき島つぎつぎに

島々は凝灰岩の岩肌の白きに松の緑かづける

雨あとの暗き雲間ゆ夕つ日のさし来てたまゆら海面《うなも》かがよふ

たたなはる横雲の下松の緑の暗きがうへに太き虹立つ

光則寺大寒

二〇一三年

池の端に枝しひろぐる太郎冠者うすくれなゐの花のここだく

谷《やつ》の奥の池しんしんと静もるを落ちし椿のひぢて凍れる

風なきに花の揺るると見るほどに声なく移る
小さき鳥影

蠟梅のうつむく花に木洩れ日のさしきて透く
が如くにほへる

紅色の侘助はつかに咲きゐたりひとつひとつ
の花の小さく

山陰の大き禽舎に美しき尾を引きて佇つ孔雀
鳥二羽

冬一《ひと》日《ひ》日の当たるときのありやなし寒からま
しを南の鳥は

法難の日朗上人囚はれゐし牢のかたへに散る
白椿

信濃の春

千曲川のほとりに仰ぐアカシアの高き木末に
若葉ゆれたつ

丸窓の電車に乗ればハモニカに唱歌吹きくる
る車掌さんゐて

みこも刈る信濃の春の明るさや溜池は空の光を反す

たたなはる山のふところ田に畑に家居に春の光あまねし

ことばなく無言館出で下りくればいづくゆともなき蛙子のこゑ

再びを訪ひ来し「花屋」ぞなつかしき三十年
前夫と宿りき

入相の鐘夜回りの拍子木の音宿の窓辺にゆか
しみて聞く

身を浸す大理石風呂の湯に映るステンドグラ
スの孔雀あざらか

蔵造りの宿の軒端の去年《こぞ》の巣をしきり出で入る二羽のつばくろ

別所諸寺

北向の観音堂前をちこちゆ集へるどちの語らひやまず

茅葺きのむくりの屋根の重々と鎮もり坐《いま》す常楽寺本堂

寺奥の山路をゆけば水芭蕉の大き葉蔭にかはず鳴くなり

建長寺にゆかりの塩田安楽寺信州最古の禅寺といふ

三重四重の屋根軽らかにひろげつつ舞ふがに
立てる八角の塔

傍への坂登りつつ見る八角塔の屋根の曲線は
波のごとかる

塩田城の鬼門守《も》るとふ前山寺独《どっ》鈷《こ》の山をそき
へにおはす

窓のなく廻廊もなき三重の塔いさぎよし未完のままに

もののふの祈り集めし古寺に百花の王のあでやかに咲く

病室の窓に

藍色の空の裾への白みそめ眠れぬ夏の夜の明けんとす

吹き晴れて清しき空やゆうるりとしののめ色の鯖雲の往く

中空を風に吹かれて渡りゆく綿雲いくつ生れかつ消えつつ

夕づきて空澄みきたり丹沢の山影しるく立ち
あらはれぬ

北空に夕かたまけて立ちあがる金床雲や秀《ほ》の
み光りて

今日ひと日ややに涼しく開きおく七階の窓に
虫の音聞こゆ

七階の病室の窓に見る花火遠く小さく幻めきて

疎き目を凝らしつつ見る遠花火開くたちまち消ゆるはかなさ

さ夜ふけを覚めて思へば宵に見し遠き花火は夢のごとかる

研修医の宿舎と聞ける建物に真夜を灯しの三
つ四つともる

四季をりをり

寒の日々しだれ伏しゐし雪柳の細枝芽ぶきて
立ちあがりきぬ

谷《やつ》深く翳りがちなる寺庭に雲南素馨の黄ぞあざらけき

四十雀の声のひびかふビル街にけぶるが如し槻の芽ぶきは

夕暮れて暗む彼方を多摩川の面《おも》光りつつ蛇行せる見ゆ

この年が見納めかともわが仰ぐ蝦夷山桜の花
のくれなゐ

植ゑにける人に記憶の戻らねど夏が来て咲く
白根葵の花

歌会より足らひて帰る夕つ道初ひぐらしの声
遠く聞く

木瓜の実の黄なるを伝ふ雨しづく色を映して
玉《ぎよく》のごとかる

吹き晴れてはつか残れるもみぢ葉のそきへの
空の青の深きを

除夜の鐘聞くと出づれば冴えわたる月の光に
ものの影濃き

歌集『旅一会』四九八首・完

あとがき

十四年前の秋のある日、紹介者もなしに電話でサキクサ短歌会への入会をお願いした私に、「どうぞお入りください」と答えてくださった大塚布見子先生の、優しいお声を忘れることはできません。

六十歳を過ぎて退職し父を見送ってから、自然に出てくるようになった三十一文字ですが、二、三年自己流で詠んできて行き詰まりを感じるようになったころ、大塚先生のご著書『新しい短歌の作法』に出あいました。

一読してたいへん心に響くものがあり、ぜひ先生のご指導を仰ぎたいとぶしつけながら直接お願いしたのでした。以来、歌を詠むこと、歌会に出ることを生活の大事な柱の一つとして、年を重ねてきました。

歌集を出すことにはかねてためらいもあったのですが、昨年の夏にすい臓がんが見つかって手術をうけ、来し方行く末を思うにつけ一冊を残したいと思うようになりました。

大塚先生には寛大にもお許しくださり、かつお忙しい中を懇切なご指導を賜わり、おかげさまでサキクサ三十七周年全国大会を前に上梓のはこびとなりましたことを、まことにありがたく思っております。

お心のこもった身に余る序文と、集名『旅一会』も先生から頂戴いたしました。併せて心から御礼申し上げます。

私は旅が好きで、いつも「片雲の風に誘はれて漂泊の思ひやまず」なのです。また、住まいが古都鎌倉に近いのも幸せなことでした。出歩くことが思うにまかせなくなった今、旅をしては詠みついできた歌は、私の人生の貴重な記録になりました。淡彩のスケッチのような歌ですが、一首一首に読めば浮かんでくる情景があり、過ぎた日々のゆたかさを今更のように感じています。

今日まで仲間としてあたたかく支え励ましてくださったサキクサの先輩・歌

友の皆様に、また何かにつけて力を貸してくれる家族に感謝いたします。
末筆になりましたが、出版に際しいろいろお世話くださいました現代短歌社の道具武志様はじめ社中の方々に、厚く御礼申し上げます。

二〇一四年　秋分の日に

堀井　忍

歌集 旅一会　サキクサ叢書第121篇

平成26年11月7日　発行

著　者　堀《ほり》 井《い》　忍《しのぶ》

〒244-0801 横浜市戸塚区品濃町553-1
パークヒルズF-202

発行人　道 具 武 志

印　刷　㈱キャップス

発行所　現代短歌社

〒113-0033 東京都文京区本郷1-35-26
振替口座　00160-5-290969
電　話　03（5804）7100

定価2500円（本体2315円＋税）
ISBN978-4-86534-062-4 C0092 ¥2315E